Alexandra Lima da Silva

Flores de Ébano

Ilustrações:
Regina Miranda

MAZZA
edições

Imagine um jardim repleto de flores belas, porém secas e muito maltratadas.
Apesar de todo o sofrimento, com pouca água e muita esperança, sobreviveram.
Este livro versa sobre histórias de lutas e resistências de doze mulheres
que viveram em diferentes lugares.
Áfricas, Américas.
Era um tempo em que pessoas eram sequestradas e vendidas
como se fossem mercadoria.
Era um tempo de muita tristeza.
Era um tempo de vidas cativas.
É importante conhecer e respeitar as histórias de lutas de pessoas
que foram injustiçadas, oprimidas e escravizadas.
É preciso escutar as vozes dessas mulheres.
Algumas escreveram livros,
poesias,
cartas,
autobiografias...
Outras apenas deixaram rastros.
Existiram.
É preciso saber os nomes delas.
Para que sejam sempre lembradas.
Todas floresceram.
Viraram sementes.

Eis os nomes delas:

Rosa (Rosa Egipcíaca, 1719-1778)

Lucy (Lucy Terry Prince, 1730-1821)

Phillis (Phillis Wheatley, 1753-1784)

Mary (Mary Prince, 1788-1833)

Isabella (Sojourner Truth, 1797-1883)

Lilly (Lilly Ann Granderson, 1821-1889)

Minty (Harriet Tubman, 1820-1913)

Ellen (Ellen Craft, 1826-1891)

Susie (Susie King Taylor, 1848-1912)

Millie e Christine (Millie McKoy e Christine McKoy, 1851-1912)

Esperança (Esperança Garcia, 1751-?)

Maria Rosa (18??)

Rosa

Rosa brotou na África.
Aos 6 anos, a menina foi sequestrada e levada para uma terra distante.
Rosa foi uma das sobreviventes da longa e terrível travessia pela imensidão atlântica de azul profundo.
Na nova terra, que tinha nome de uma árvore, Rosa não era mais livre.
Numa rua que se chamava Direita, foi vendida.
Mas Rosa cresceu.
E um dia recebeu uma carta que lhe devolveu a sonhada liberdade.
E ela aprendeu o segredo das letras.
E num recolhimento, fez nascer um livro.
E desapareceu.

Lucy

Lucy nasceu livre.
Tinha apenas 5 anos quando fora arrancada da família em terras de África e levada para Rhode Island, nos Estados Unidos da América.
Já adulta, Lucy conquistou a liberdade, aprendeu a língua inglesa e escreveu um livro de poesias.
Ela se casou, teve seis filhos e viveu uma longa vida.
O livro de Lucy é muito importante, pois é considerado um dos primeiros a ser escrito por uma mulher negra que passou parte da vida na escravidão.

Phillis

Era uma menina que gostava de contar as pétalas das rosas enquanto corria,
livre, numa terra que hoje se chama Senegal,
um país do Continente Africano.
Ela também criava histórias sobre um mundo distante,
para além do oceano.
E como num sopro, a pequena menina foi aprisionada e levada
para um navio com nome de gente, Phillis.
O barulho dos sinos despertou a pequena, após ter cruzado o Atlântico,
até chegar ao norte.
Boston era a terra que agora seria sua nova morada. Seu novo nome agora seria
Phillis, o mesmo do navio que a transportou para longe de sua casa.
A menina tinha 7 anos.
Foi vendida para uma família de sobrenome Wheatley.
Inteligente, Phillis aprendeu várias línguas e passou a escrever poemas.
A poesia ocupava o vazio e a saudade de casa?
Os poemas de Phillis a transformaram numa importante autora.
Aos 20 anos, ela publicou um livro.
E viajou para a Europa.
Ventos de liberdade sopraram na direção da jovem poeta negra,
que, finalmente, recuperou a liberdade.
Hoje é possível visitar Phillis, pois há uma estátua em sua homenagem
na cidade de Boston, nos Estados Unidos da América.
Ela gosta de receber flores.

Mary

Mary nasceu numa ilha, numa terra chamada Bermudas.
A mãe de Mary não era livre e, como a escravidão seguia o ventre,
Mary nasceu na escravidão.
Quando menina, era feita de brinquedo pelas crianças brancas e livres.
Sentiu a tristeza de ser separada dos entes queridos aos 12 anos.
Já adulta, acompanhou seus "senhores" em uma viagem à Inglaterra.
Nesta terra, gritou por liberdade.
Fugiu.
Para Bermudas não voltou mais.
Com a ajuda de abolicionistas, contou sua história num livro, a primeira
autobiografia escrita por uma mulher negra publicada na Inglaterra, em 1831.

Isabella

Bell era o apelido da pequena Isabella, uma linda menina negra que sonhava em ser livre.
Isabella nasceu numa terra chamada New York e assim como muitas pessoas escravizadas, não aprendeu a ler e a escrever.
Crescida e cansada de sonhar, Isabella decidiu agir.
Ela fugiu da escravidão carregando nos braços a filhinha Sophia.
Ela também decidiu criar um novo nome para si, um nome que refletisse sua honesta e verdadeira peregrinação pela liberdade: Sojourner Truth.

Agora liberta, ela lutava por um mundo com mais justiça e igualdade para todas as pessoas, porque ela não acreditava num mundo em que existia escravidão.
Ela também acreditava que as mulheres negras mereciam respeito e igualdade.
E disse, altiva: “Não sou eu uma mulher?”.
Por meio da sua voz, contou a própria história numa autobiografia ditada para uma outra pessoa escrevê-la.

Lilly

Num lugar em que era proibida a instrução de pessoas escravizadas, a menina Lilly aprendeu a ler e a escrever.
Foi ensinada por outra criança, branca, filha de seus senhores.
Já mais crescida, Lilly subverte as normas e abre uma escola clandestina para compartilhar seus conhecimentos com outras pessoas também escravizadas.
Em segredo, durante 7 anos, Lilly ensinou muita gente a escapar da escravidão por meio da escrita, e muitos foram os que escreveram passaportes e passes de liberdade "falsos" para fugir.
Certamente, Lilly ensinou a muita gente o significado da palavra l-i-b-e-r-d-a-d-e.

Minty

Minty era o apelido de Araminta Harriet Ross, nascida na escravidão em terras de Maryland, Estados Unidos da América.

A pequena menina negra sofreu muitos castigos, um deles a deixou com uma cicatriz para o resto da vida.

Minty também sofria com os muitos pesadelos causados pelos horrores da escravidão. Já adulta, Minty casou-se com um homem negro livre e, para homenagear a mãe dela, mudou de nome: nascia Harriet Tubman.

Ela ainda era muito infeliz, pois não era livre. Com a ajuda de um grupo de pessoas que era contra a escravidão, Harriet conseguiu escapar para bem longe. Contudo ela ainda não era completamente feliz, pois sabia que muita gente era escravizada. Ela decidiu, então, ajudar outras pessoas a fugir. E foi o que ela fez. Muitas e muitas vezes. Ela ajudou muita gente a se libertar, sem receber nada em troca. Apenas a realização de fazer algo que acreditava ser o certo. A vida de Harriet Tubman foi eternizada para sempre em livros chamados de biografia.

Ellen

Era Natal quando Ellen e seu esposo chegaram à Filadélfia, uma terra onde a escravidão era proibida. Ellen nasceu com a pele clara e era uma menina escravizada no sul dos Estados Unidos da América no século XIX. Ela se casou com William Craft, homem negro que também vivia no cativeiro. Ela passou a se chamar Ellen Craft. E foi dela a ideia de fugir da escravidão. Como tinha a pele bastante clara, Ellen se disfarçou de senhor branco que viajava na companhia de seu escravo negro, William. O casal, disfarçado, pegou um trem rumo à liberdade. E eles conseguiram enganar a todos! Algum tempo depois, William contou esta história da fuga do casal numa autobiografia publicada com a ajuda de amigos abolicionistas.

Susie

Susie era uma menina muito inteligente. Apesar de proibida de estudar, ela aprendeu a ler e a escrever de forma clandestina ainda na infância cativa. Um pouco mais crescida, a jovem Susie trabalhou junto às tropas americanas na Guerra Civil. Ela cuidava das pessoas feridas e, também, ensinava os soldados negros a ler e a escrever. Após a guerra, Susie seguiu ativa na educação e abriu várias escolas noturnas para que as pessoas negras pudessem estudar, pois havia muito preconceito nas escolas regulares. Algum tempo depois, Susie escreveu uma autobiografia, relembrando os tempos de guerra e escravidão.

Millie e Christine

Millie e Christine eram gêmeas siamesas nascidas na escravidão na Carolina do Norte. As irmãs eram tratadas como se fossem uma única pessoa, "Chrissie Millie McKoy". Muita gente tinha preconceito e até medo das gêmeas, vendidas três vezes. As meninas eram muito inteligentes. Aprenderam a ler, escrever, falavam cinco línguas diferentes, cantavam e tocavam piano. Tais habilidades as transformaram em artistas famosas e após o fim da escravidão, viajaram em turnê pela Europa. Elas também foram autoras da própria história na autobiografia *As gêmeas da Carolina*, publicada no século XIX.

Esperança

Esperança nasceu na escravidão. Viveu numa fazenda dos jesuítas onde hoje fica o estado do Piauí, Brasil. Muito habilidosa, recebeu instrução dos padres e aprendeu a escrever. Quando Esperança foi separada do esposo e enviada para uma fazenda terrível, ela escreveu uma carta para o governador, denunciando os maus-tratos recebidos. Ela também queria voltar para junto de sua família, e pediu isso na carta. Não se sabe se o pedido de Esperança foi atendido, mas alguns séculos depois, Esperança foi reconhecida como a primeira mulher a escrever uma petição no Piauí. Hoje Esperança é lembrada como sendo uma mulher escravizada que resistiu por meio da escrita.

Maria Rosa

No Rio de Janeiro, num tempo em que nessas terras havia um Imperador e muitas pessoas negras eram feitas de escravas, Maria Rosa conquistou a tão sonhada liberdade.
Mas ela não estava feliz. A filha Ludovina não era livre. E em nome da filha, Maria Rosa escreveu uma carta para a Imperatriz do Brasil. Era a carta de uma mãe que pedia a liberdade para a filha, que estava muito triste e doente. Pouco tempo depois de enviar a carta, Ludovina tornou-se livre.
Ventos de liberdade sopravam em toda a América, mas o Brasil não tem motivo para se orgulhar, pois traficou 5 milhões de africanos e foi o último país do continente a aprender que todos os seres humanos nascem livres e merecem viver com dignidade.

Referências

ARQUIVO GERAL DA CIDADE. Carta Maria Rosa, 1886. Rio de Janeiro.

BRADFORD, Sarah. *Harriet Tubman*, the Moses of her people. New York, NY: Corinth Books, 1961.

CARRETTA, Vincent. *Phillis Wheatley: biography of a genius in bondage*. Athens, GA: University of Georgia Press, 2011.

CRAFT, William. *Running a Thousand Miles for Freedom*; *or, the Escape of William and Ellen Craft from Slavery*. London, England: William Tweedie, 1860.

HALFMANN, Janet. *Midnight Teacher: Lilly Ann Granderson and Her Secret School.* New York, NY: Lee & Low Books, 2018.

MCKOY, Millie; MCKOY, Christine. *The History of the Carolina Twins*: Told in "Their Own Peculiar Way" By "One of Them". [Buffalo, NY]: Buffalo Courier Printing House, [18--?].

MOTT, Luiz. *Rosa Egipcíaca: uma santa africana no Brasil.* Rio de Janeiro, RJ: Editora Bertrand Brasil, 1993.

PRINCE, Mary. *The History of Mary Prince: A West Indian Slave Narrative*. London, England: Published by F. Westley and A.H. Davis, 1831.

PROPER, David R. *Lucy Terry Price. Singer of History: A brief biography*. Pocumtuck Valley Memorial Assn./Historic Deerfield, 1997.

ROSA, Sonia. *Quando a escrava Esperança escreveu uma carta*. Rio de Janeiro, RJ: Pallas, 2012.

TAYLOR, Susie King. *Reminiscences of My Life in Camp with the 33D United States Colored Troops Late 1st S.C. Volunteers*. Boston, MA: Published by the Author, 1902.

TRUTH, Sojourner. *Narrative of Sojourner Truth*. Boston, MA: For the Autor, 1875.

ALEXANDRA LIMA DA SILVA é a última filha do Arísio e da Marise, seus pais. Desde criança sempre gostou de livros. Hoje é professora de História e lê muito sobre as autobiografias de mulheres que viveram a dolorosa experiência da escravidão. Este livro é parte das pesquisas que vem desenvolvendo no projeto "Flores de ébano: escritas de si, trajetórias e História da Educação" (FAPERJ/CAPES) e é voltado para quem quiser saber mais sobre este tema tão instigante: pode ser gente miúda, pode ser gente crescida. Nossos passos vêm de longe, e a leitura pode ser uma janela para a liberdade.

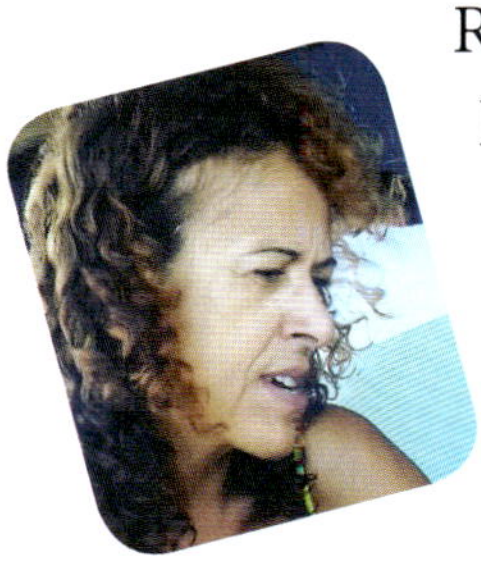

REGINA MIRANDA nasceu em Belo Horizonte, Minas Gerais. Licenciada em Publicidade e Propaganda, é artista gráfica, artista plástica com várias exposições individuais e coletivas, autora e ilustradora de literatura infanto-juvenil, com livros publicados no Brasil, Espanha e Portugal. Vários livros ilustrados por ela foram premiados, com especial destaque para: ZOT *(Gailivros Edições, Portugal, 2002)*, selecionado para o Catálogo Europeu de Livros Projecto Barfie – livros para uma educação intercultural; e o livro QUEM FAZ O QUÊ? *(Formato Editorial, Brasil, 2000)*, selecionado pela Biblioteca Internacional da Juventude de Munique para a exposição The White Havens 2000.

1ª reimpressão - 2024

ILUSTRAÇÕES
Regina Miranda

REVISÃO
Ana Emília de Carvalho

S586fc Silva, Alexandra Lima da
Flores de ébano / Alexandra Lima da Silva. - Belo Horizonte : Mazza Edições, 2020.
28 p. : il. ; 21cm x 21cm.
ISBN: 978-65-5749-003-7

1. Literatura infantil. 2. Mulheres. 3. Superação. I. Título

CDD 028.5
2020-2186 CDU 82-93

Elaborado por Vagner Rodolfo da Silva - CRB-8/9410

Índice para catálogo sistemático:
1. Literatura infantil 028.5
2. Literatura infantil 82-93

MAZZA EDICOES
Rua Bragança, 101 - Pompeia
30280410 Belo Horizonte - MG
Tel.: (31) 3481-0591
www.mazzaedicoes.com.br • pedidos@mazzaedicoes.com.br